Chinese Word Recognition

識字課本

Initial Edition 起步版

2

Min Guo
郭敏

U0130739

香港字藝出版社
Hong Kong Word Art Press

Chinese Word Recognition 2 (*Initial Edition*) A Series of Textbooks of Chinese U See

Author: Min Guo
Illustrator: Min Guo
Editors: Jin-li Li, Franklin Koo
Publisher: Hong Kong Word Art Press
Address: Unit 503, 5/F, Tower 2, Lippo Center, 89 Queensway Road, Admiralty, HK
Website: www.wordart.com.hk/www.chineseusee.com
Edition: Second Edition published in April, 2016, Hong Kong
Size: 215 mm × 270 mm
ISBN: 978-988-14915-1-0

識字課本 2 （起步版） 象形卡通系列教科書

作　　者： 郭　敏
繪　　畫： 郭　敏
編　　輯： 李金麗‧顧為傑
出　　版： 香港字藝出版社
地　　址： 香港金鐘金鐘道 89 號力寶中心第 2 座 5 樓 503 室
網　　頁： www.wordart.com.hk/www.chineseusee.com
版　　次： 2016 年第二版香港第一次印刷
規　　格： 215 mm × 270 mm
國際書號： 978-988-14915-1-0

Table of Contents
目錄

More than 300 years ago, a German philosopher, Leibniz claimed: "I thought that someday, perhaps one could adapt these characters, if one were well-informed of them, not just for representing the characters as they are ordinarily made, but both for calculating and aiding imagination and meditation in a way that would amazingly strike the spirit of these people and would give us a new means of teaching and mastering them."[1]

早在三百年前，德國哲學家萊布尼茨就聲稱：「我想有一天，也許有一個人，完全精通這些漢字，可能不是以文字的本身，而是採用精明與想像力和思考的方法將它們描述出來。這種方法能驚人地敲擊人們的靈魂，賦予我們一個嶄新的教學和學習方法。」[1]

perhaps "someday" has arrived!
也許這一天現在已經到來了！

1. G. W. Leibniz, 1990, Leibnize Korrespondiert mit China, Ed. by Rita Eidmaier. Frankfurt: V. Klostermann, pp.87-89
G. W. Leibniz, 2006, Der Brief Wechesl mit den Jesuiten in China, Hamburg, pp.194-197

Pronouns (1)
代詞 1

wǒ

I/me

nǐ

you

tā

he/him

tā

she/her

shé

snake

tā

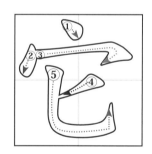

it (thing)

tā

it (animal)

2. "它" in ancient times refered to a snake. 「它」在古代意思是蛇。

shì

是

be/is/
are/am

wǒ shì tián mù　　nǐ shì bái yù
我是田木，你是白玉。
I am Tian Mu, you are Bai Yu.

tā shì fāng yī　　tā shì wáng yán
她是方一，他是王岩。
She is Fang Yi, he is Wang Yan.

tā shì shé
牠是蛇。
It is a snake.

Separation of the Words　拆字

你 = イ + 尔

you

イ
單人旁
One Person Radical

ěr
尔
組件
a component

他 = イ + 也

he/him

イ
單人旁
One Person Radical

yě
也
too/also

她 = 女 + 也

she/her

女
女字旁
Female Radical

yě
也
too/also

蛇 = 虫 + 它

snake

虫
蟲字旁
Insect Radical

tā
它
it (thing)

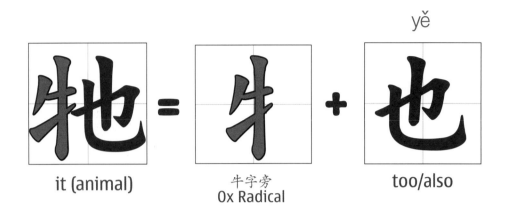

牠 = 牛 + 也 yě

it (animal)　　　牛字旁 Ox Radical　　　too/also

Sound Radical .... **聲旁** ....

e　　　é　　　é

我　　　鵝　　　娥

　　　goose　　　beautiful/a girl's name

chi　　　chí　　　chí

也　　　池　　　馳

　　　pool　　　gallop

Negative Sentences
否定句

bù/bú

不

no/not

wǒ bú shì tián mù　　　nǐ bú shì bái yù
我 不 是 田木 ， 你 不 是 白玉 。
I am not Tian Mu, you are not Bai Yu.

tā bú shì fāng yī　　　tā bú shì wáng yán
她 不 是 方一 ， 他 不 是 王岩 。
He is not Fang Yi, she is not Wang Yan.

tā bú shì shé
牠 不 是 蛇 。
It is not a snake.

 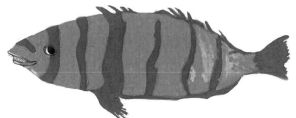

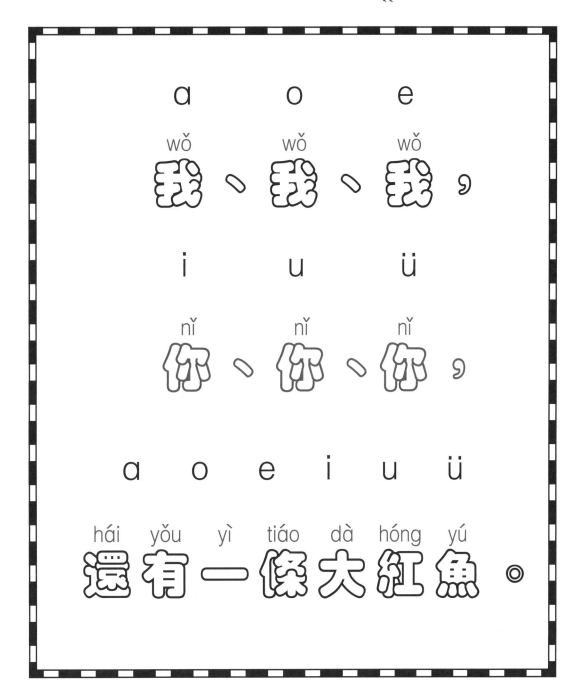

a　　　o　　　e

wǒ　　　wǒ　　　wǒ
我 、 我 、 我 ，

i　　　u　　　ü

nǐ　　　nǐ　　　nǐ
你 、 你 、 你 ，

a　o　e　i　u　ü

hái　yǒu　yì　tiáo　dà　hóng　yú
還 有 一 條 大 紅 魚 。

The Strokes of Chinese Words ......漢字筆畫......

 tí 提　 汁　 蛇　 我

 héng gōu 橫鉤　 你　 它　 皮

  口語

qǐng ān jìng
請安靜！
Please be quiet!

shàng kè le
上課了！
Class begins!

8

1. Tick the related words. 在相應的字上打√。

| 找 | 我 | 們 | 你 | 她 | 他 | 她 | 池 |

2. Trace the following words. 塗描下列漢字。

3. Circle the words with the same radicals and write down the names of the radicals. 圈出有相同偏旁的漢字，並寫出這些偏旁的名字。

亻 _____	他 她 我 們 億 借 媽 行
女 _____	他 她 媽 姐 牠 娘 課 餓
雨 _____	風 修 雪 霜 霧 把 雹 零
方 _____	放 房 紡 紅 流 防 訪 舫
令 _____	零 領 齡 位 陵 嶺 翎 苓

4. Complete the following sentences. 完成下列各句。

1）我是 _____

2）我不是 _____

3）你是 _____

4）她不是 _____

2

Plural

複數

men

 們

plural

de

的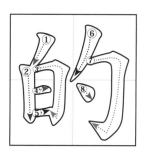

of/a suffix

nǚ

女

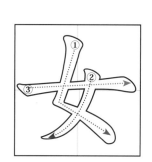

female/woman

lì

labour/strength/
power

hái

children/child

The Strokes of Chinese Words　漢字的筆畫

 héng zhé gōu
橫折鉤

 wān gōu
彎鉤

12

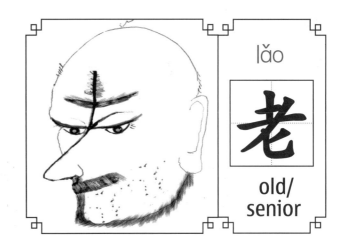

lǎo

老

old/
senior

wǒ men shì xiǎo hái　　nǐ men shì dà rén
我們是小孩，你們是大人。
We are children. You are adults.

tā men shì nǔ hái　　tā men shì nán hái
她們是女孩，他們是男孩。
They are girls. They are boys.

tā men shì lǎo rén　　tā men shì niǎo
他們是老人，牠們是鳥。
They are seniors. They are birds.

Separation of the Words ....拆字........

mén

 =

plural

單人旁
One Person
Radical

door/gate

sháo

 =  +

of/a suffix

白字旁
White Radical

spoon

hài

 =  +

children/child

子字旁
Son Radical

from 9 p.m. to
11 p.m.

Combinations of the Words ·········合字·········

zǐ/zi

son/a suffix

+

xiǎo

a system

=

sūn

grandson

tián

farmland/field

+

lì

labour/strength/
power

=

nán

male/man

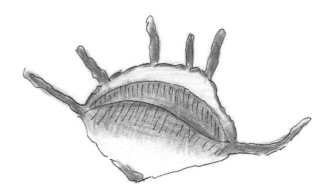

Tone Symbols　.......聲調符號......

The first tone (一聲): Even Tone (陰平)

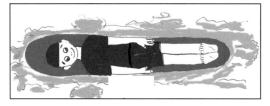

ā
啊

The second tone (二聲): Rising Tone (陽平)

á
啊

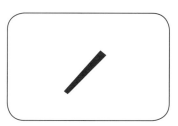

The third tone (三聲): Falling and Rising Tone (上聲)

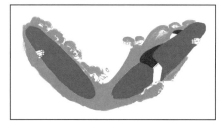

ǎ
啊

The fourth tone (四聲): Falling Tone (去聲)

à
啊

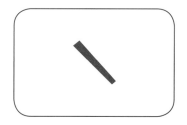

The soft tone, e.g. Pinyin for 媽媽 (māma), the second "ma" has no tone symbol. 弱讀，例：媽媽 (mā ma)，第二個「媽」的拼音沒有聲調符號。

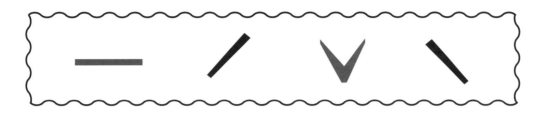

Tone symbols are always written above the six single finals according to the following order. 聲調符號一般按如下順序標在六個單韻母 3 上。

---

3. Finals are vowels. Normally they are the last part of Pinyin of a word. 韻母是元音，一般是一個漢字拼音的後半部分。

Word Formation 組詞

wǒ men	nǐ men	tā men	tā men	tā men
我們	你們	他們	她們	牠們
we/us	you	they/them (male/mixed gender)	they/them (female)	they/them (animals)

wǒ de	nǐ de	tā de	tā de	tā de
我的	你的	他的	她的	牠的
my/mine	your/yours	his	her/hers	its

wǒ men de	nǐ men de	tā men de	tā men de	tā men de
我們的	你們的	他們的	她們的	牠們的
our/ours	your/yours	their/theirs (male/mixed gender)	their/theirs (female)	their/theirs (animal)

 **New Words from Changing the Strokes** 增減筆畫形成的漢字。

大 ⟶ 天	tiān the sky/day
大 ⟶ 太	tài very/too
大 ⟶ 犬	quǎn dog (formal)

Negative Sentences 否定句

gǒu
狗
dog

wǒ bú shì tā men de nǚ ér
我 不 是 他 們 的 女 兒，
I am not their daughter.

nǐ bú shì tā men de ér zi
你 不 是 他 們 的 兒 子，
You are not their son.

tā yě bú shì tā men de xiǎo gǒu
牠 也 不 是 他 們 的 小 狗。
It is not their dog, either.

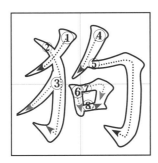
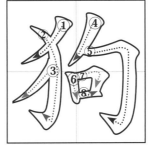

19

míng tiān jiàn
明天見！
See you tomorrow!

fàng xué le
放學了！
Class is over!

見見見見見見見見見見見見見見見見見見見見見見見見見見見見見見見見

hāi　　nǐ chī fàn le ma
嗨，你吃飯了嗎？
Hi, have you eaten?

hái méi ne
還沒呢！
Not yet!

1. Tick the related words. 在相應的字上打√。

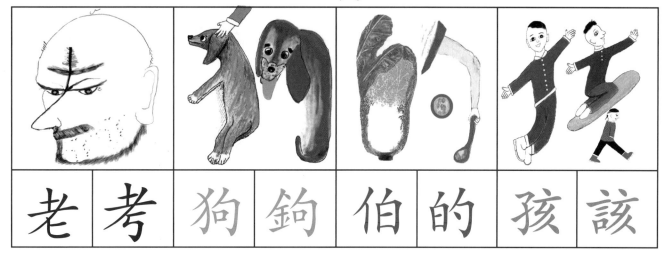

| 老 | 考 | 狗 | 鉤 | 伯 | 的 | 孩 | 該 |

2. Write out the Pinyin tones. 寫出拼音中的聲調。

_____

3. Match the following words by drawing a line between them like the example. 參照例子劃線組詞。

1) 我		a. 一
2) 下		b. 們
3) 雨		c. 萬
4) 百		d. 天
5) 萬		e. 的
6) 牠		f. 國
7) 中		g. 天
8) 白		h. 雨

4. Circle the words that you have learnt and recite the poem. 圈出學過的漢字，
並背誦這首詩。

yǒng　é
詠鵝

luò bīn wáng
駱賓王

é　　　é　　　é
鵝、鵝、鵝，

qū xiàng xiàng tiān gē
曲項向天歌。

bái máo fú lù shuǐ
白毛浮綠水，

hóng zhǎng bō qīng bō
紅掌撥清波。

3

Pronouns (2)
代詞 2

fēi

fly

nà

that

nǎ

where

23

zài

exist/in/on/at

zhè

this

shuí/shéi

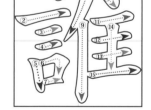

who/whom

lǐ

 =  + 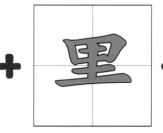 +

inner/inside

寶字蓋
Top Radical

a Sound Radical

組件
a component

wén

文

culture/a language

zhè shì shuí
這 是 誰 ？
Who is this?

zhè shì xiǎo wén
這 是 小 文 。
This is Xiao Wen.

nà shì shuí
那 是 誰 ？
Who is that?

nà shì xiǎo míng
那 是 小 明 。
That is Xiao Ming.

nǐ zài nǎ li
你 在 哪 裏 ？
Where are you?

wǒ zài zhè li
我 在 這 裏 。
I am here.

xiǎo niǎo zài nǎ li
小 鳥 在 哪 裏 ？
Where is the little bird?

tā fēi le
牠 飛 了 。
It flew away.

25

Separation of Words .... 拆字 ....

zhè

this

走之旁
Transportation
Radical

yán

言

say/a
language

gǒu

dog

反犬旁
Dog Radical

jù

sentence

shuí/shéi

who

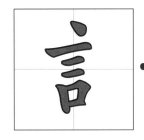

言字旁
Speaking Radical

組件
a component

Combinations of Words .... 合字 .....

qiú

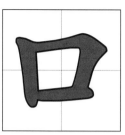 +  =

口字框
Mouth Frame
Radical

human/man

prisoner

yīn

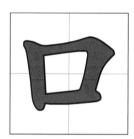 +  =

口字框
Mouth Frame
Radical

big/large

because

kùn

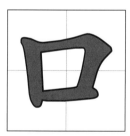 +  =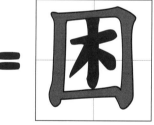

口字框
Mouth Frame
Radical

wood/tree

stuck/difficult

wèn

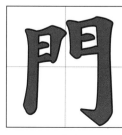 + 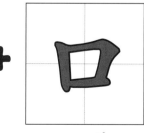 =

門字框
Door Frame
Radical

mouth

ask

Introduction to Pinyin　拼音介紹

Initials　聲母 [4]

There are 21 initials in Pinyin. 拼音中有21個聲母。

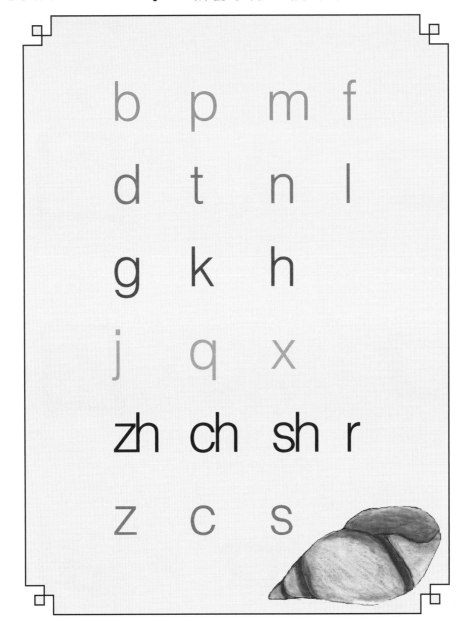

4. Initials are the consonants. Normally they are the last part of the Pinyin of a word. 聲母是輔音，一般是一個漢字拼音的前半部分。

The Strokes of Chinese Words 漢字的筆畫

 héng zhé zhé piě 橫折折撇　　*héng piě wān gōu* 橫撇彎鉤　　*héng zhé zhé zhé gōu* 橫折折折鉤

建　　那　　奶

Trace the following radicals. 塗描下列偏旁。

　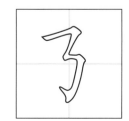　　

lǎo shī hǎo

老師好！

How are you, sir?

shī

teacher/
advisor

tóng xué men hǎo

同學們好！

How are you, class!

nǐ shì shuí

你是誰？

Who are you?

wǒ jiào luó bo tóu

我叫蘿蔔頭。

My name is Luo Bo Tou.

1. Tick the related words. 在相應的字上打 √ 。

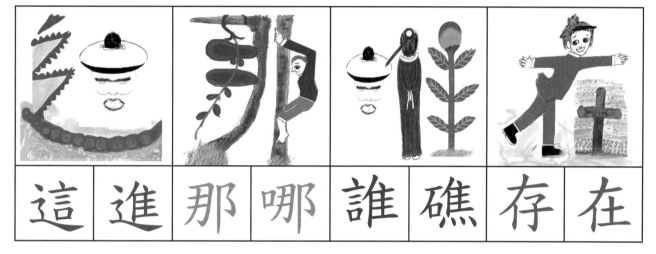

| 這 | 進 | 那 | 哪 | 誰 | 礁 | 存 | 在 |

2. Label the tone symbols. 標出聲標。

a. The first tone: 一聲:

nie   ba   la   tuan

b. The second tone: 二聲:

nin   xiang   hua   peng

c. The third tone: 三聲:

huang   gei   xie   xue

d. The fourth tone: 四聲:

wei   kua   guai   chang

3.Write out the six single finals of Pinyin. 寫出六個單韻母。

4. Match the following words by circling them like the example. 參照例子圈字組詞。

她	你	這	她	大	百
他	們	女	人	口	億
白	勺	也	門	十	萬

5. Guess the meanings of the following word cartoons and write out the related words. 猜一猜下列象形卡通的意思，並寫出相應的漢字。

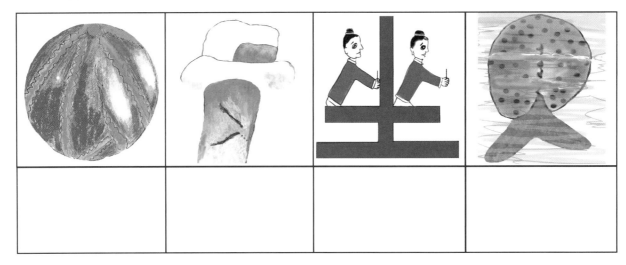

6. Complete the following sentences. 完成下列各句。

1) 他們是 _____

2) 我也是 _____

3) 牠們是 _____

4) 你在 _____

7. Write out the words for the cartoons. 看圖寫字。

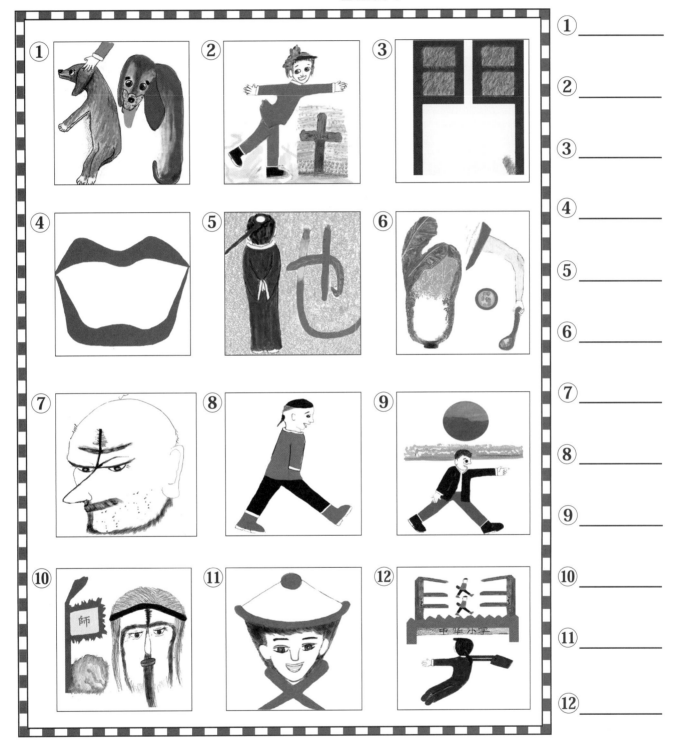

① _____

② _____

③ _____

④ _____

⑤ _____

⑥ _____

⑦ _____

⑧ _____

⑨ _____

⑩ _____

⑪ _____

⑫ _____

8. Circle the words that you have learnt and recite the poem. 圈出學過的漢字，
   並背誦這首詩。

dú zuò jìng tíng shān

獨坐敬亭山

lǐ bái

李 白

zhòng niǎo gāo fēi jìn

眾鳥高飛盡，

gū yún dú qù xián

孤雲獨去閑。

xiāng kàn liǎng bú yàn

相看兩不厭，

zhǐ yǒu jìng tíng shān

只有敬亭山。

4

Introduce Myself
自我介紹

xī

 夕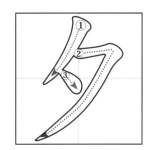

sunset

jiào

 叫

call/bark

nián

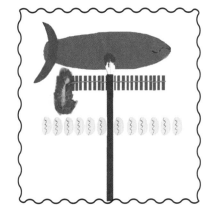 年

year

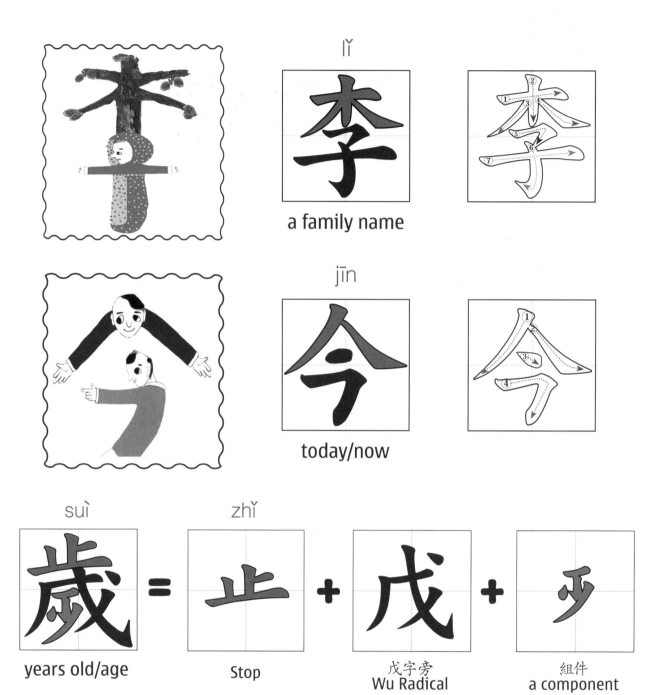

lǐ

李

a family name

jīn

今

today/now

suì

歲 = 止 + 戊 + 歺

zhǐ

Stop

戊字旁
Wu Radical

組件
a component

years old/age

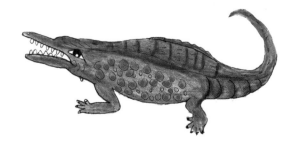

shēng

生

produce/
bear

wǒ jiào lǐ xiǎo lín　　wǒ jīn nián bā suì

我叫李小林，我今年八歲。

My name is Li Xiao-lin. I am eight years old.

wǒ shì èr líng líng liù nián chū shēng de

我是二零零六年出生的。

I was born in 2006.

jīn tiān shì wǒ de shēng rì

今天是我的生日。

Today is my birthday.

kuài

快

quick

shēng rì kuài lè

生 日 快 樂 !

Happy birthday to you!

Separation of Words .... 拆字 ....

lǐ

 =  +

zǐ

a family name

木字頭
Wood Top

son/child/a
suffix

kuài

 = 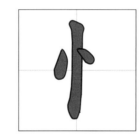 +

quick

豎心旁
Emotion Radical

a Sound Radical

Combinations of Words .... 合字 ....

duō

 +  =

夕字頭
Sunset Top

sunset

how much/
how many

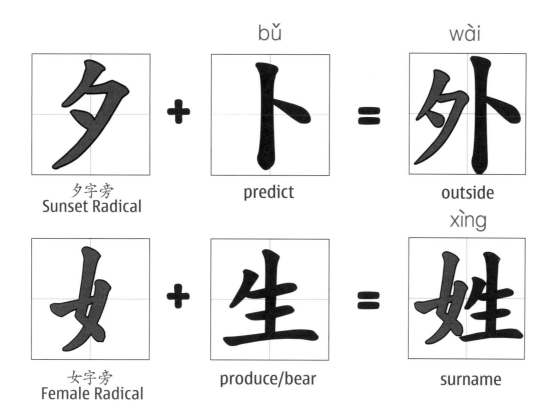

 **New Words from Changing the Strokes** 增減筆畫形成的漢字。

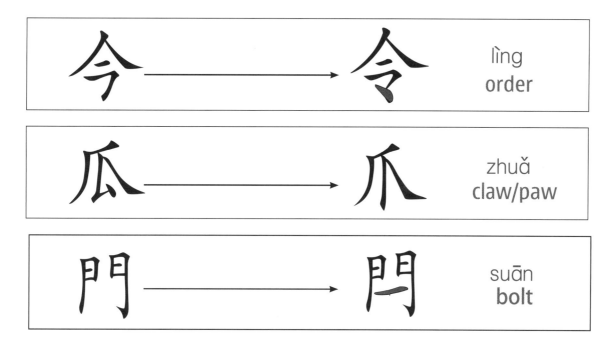

Introduction to Pinyin …… 拼音介紹 ……

Special Consonants (Initials) 特殊聲母

j　　q　　x

When "ü" meet j, q and x, it will hide its two "eyes". 當遇見 j、x 和 u 的時候，「ü」的「小眼睛」就藏起了！

jǖ ⟶ jū　　　　qǖ ⟶ qū　　　　xǖ ⟶ xū

> I am a happy, weird fish! la, la, la …
> 啦，啦，啦！我是快樂的大怪魚……

> I'm scared! j, q, x are coming!
> 太可怕了！j q x 來了！

jū	jú	jǔ	jù
居	局	舉	句
qū	qú	qǔ	qù
區	渠	取	趣
xū	xú	xǔ	xù
需	徐	許	續

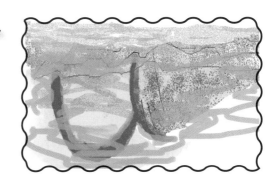

The Strokes of Chinese Words ......漢字的筆畫..

piě diǎn
撇點

shù zhé zhé gōu
豎折折鉤

Trace the following strokes. 塗描下列筆畫。

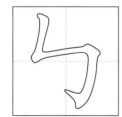 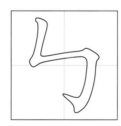 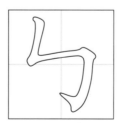 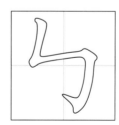

āi yā yā
哎呀呀！

45

Anwser the following questions. 回答下列問題。

- nǐ jiào shén me míng zi
  你叫甚麼名字？
  What is your name?

- nǐ jǐ suì le
  你幾歲了？[5]
  How old are you?

- nǐ duō dà le
  你多大了？
  How old are you?

- nǐ shì nǎ yì nián chū shēng de
  你是哪一年出生的？
  Which year were you born in?

- nǎ tiān shì nǐ de shēng rì
  哪天是你的生日？
  What date is your birthday on?

- nǐ shǔ shén me
  你屬甚麼？
  What year were you born?

wǒ shǔ yáng
我屬羊。
I was born in the Sheep Year.

 5. " 你幾歲了 " is a question for children below 10 years old. 「你幾歲了」是問十歲以下的孩子的問句。

1. Write out the words for the cartoons. 看圖寫字。

chá   shuǐ

① _____
       tea (water)

shēng   rì

② _____
       birthday

chū   mén

③ _____
       out/not at home

míng   nián

④ _____
       next year

 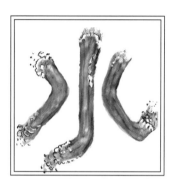

 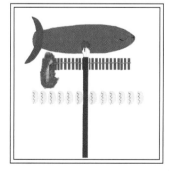

2. Circle the words with the same radicals in each line. 圈出每行有相同偏旁的字。

女	他	她	好	叫	姊
辶	這	進	建	送	線
日	是	旦	朋	夏	天
山	崩	背	峰	岩	峽

3. Match the following words by drawing a line between them like the example. 參照例子劃線組詞。

1) 快
2) 今
3) 老
4) 姓
5) 山

a. 王
b. 樂
c. 人
d. 水
e. 年

4. Translate the following Chinese into English. 漢譯英。

她姓什麼[6]？

她姓王。

6. " 甚麼 " is a formal usage. " 什麼 " is also used in oral and written Chinese. 「甚麼」是一個正式的寫法。「什麼」也用於口語和書寫

5

Family Members (1)

家人 1

jiě/zǐ

姊

elder sister

gē

哥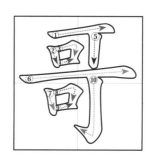

elder brother

jiā

家

home/family

yǒu

有

have/there be

mā

媽

mother

bà

爸

father

tā men shì shuí
他們是誰？
Who are they?

hé

和

and/with

wǒ jiào bái xiǎo yǔ　　wǒ jīn nián liù suì le
我叫白小雨，我今年六歲了。
My name is Bai Xiao-yu, I am six years old (this year).

wǒ jiā yǒu wǔ kǒu rén　　tā men shì bà ba　　mā ma
我家有五口人，他們是爸爸、媽媽
There are five people in my family. They are my father, mother,

jiě jie　　gē ge hé wǒ
姊姊、哥哥和我。
elder sister, elder brother and me.

51

Separations of Words　拆字

 =  +

elder sister

女字旁
Female Radical

組件
a component

mǎ

 =  +

mother

女字旁
Female Radical

horse

bā

 +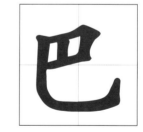

father

父字頭
Senior Top

jaw

kǒu

 =  +

and/with

禾字旁
Standing Grain
Radical

mouth

Combinations of Words ......合字.......

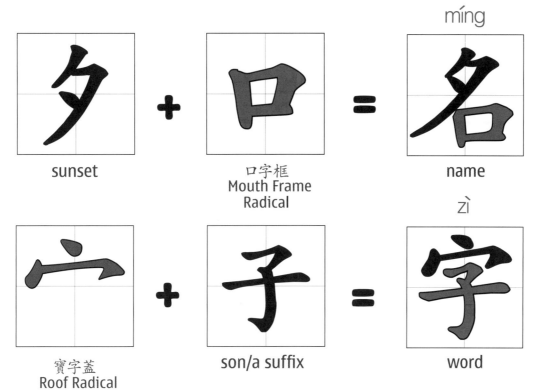

		míng
夕 +	口 =	名
sunset	口字框 Mouth Frame Radical	name

		zì
宀 +	子 =	字
寶字蓋 Roof Radical	son/a suffix	word

Word Formation 組詞

kǒu zi	ér zi	rì zi	chóng zi	wán zi
口子	兒子	日子	蟲子	丸子
opening	son	daily life	insect/bug	meat ball

wáng zǐ	nǚ zǐ	tài zǐ	tiān zǐ	nán zǐ
王子	女子	太子	天子	男子
prince	female	the first prince	the son of God	man

The Basic Strokes of Chinese Words　漢字基本筆畫

一	橫	héng	Horizontal Stroke
丨	豎	shù	Vertical Stroke
丿	撇	piě	Left-falling Stroke
㇏	捺	nà	Right-falling Stroke
丶	點	diǎn	Dot
㇀	提	tí	Rise Tick
㇇	折	zhé	Bending-down Stroke
亅	鉤	gōu	Hook

The rest of the strokes are compound strokes. 其余的筆畫為復合筆畫。

Trace the following words. 塗描下列漢字。

bà　ba　　　　bà　ba　　　　lǎo　bà　ba

爸爸，爸爸，老爸爸，

zhěng　tiān　méi　shì　xiào　hā　hā

整天沒事笑哈哈，

mǎn　zuǐ　zhǐ　yǒu　yì　kē　yá

滿嘴只有一顆牙，

hái　yǒu　yí　gè　dà　xià　ba

還有一個大下巴。

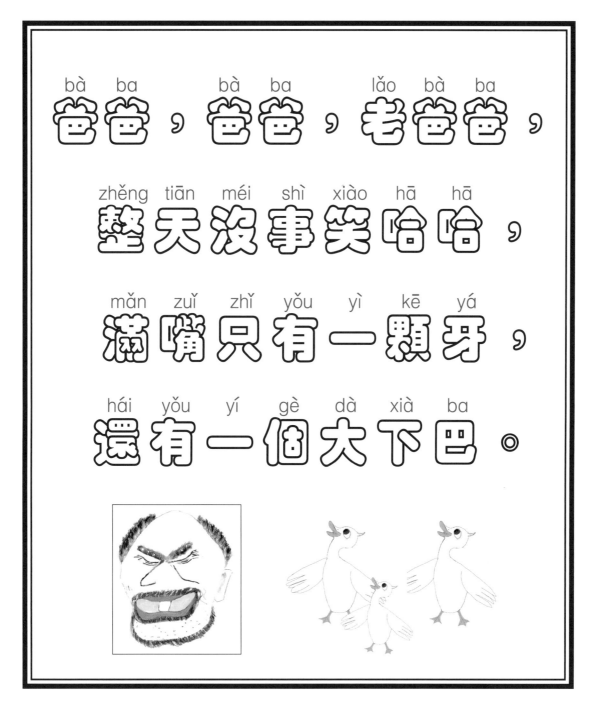

Grammar .....語法......

Negative Adverbs 否定副詞

bù/bú

不

no/not

méi/mò

沒

have no/
sink

Negative Sentences 否定句（1）

Chinese Negative Sentences 漢語否定句	English Negative Sentences 英文否定句
1. 他不是我爸爸。 2. 她不是我媽媽。 3. 我不是他哥哥。	1. He is not my father. 2. She is not my mother. 3. I am not his elder brother.

Negative Sentences 否定句（2）

Chinese Negative Sentences 漢語否定句	English Negative Sentences 英文否定句
4. 他沒有姊姊。 5. 她沒有哥哥。 6. 我沒有弟弟。	4. He has no elder sister. 5. She has no elder brother. 6. I have no younger brother.

1. Write out the words for the cartoons. 看圖寫字。

xiǎo　　　jiě

① —————————————
　　　　Miss

dà　　　　gē

② —————————————
　　elder brother

lǎo　　　　bà

③ —————————————
　　old　daddy

míng　　　zi

④ —————————————
　　　name

2. Circle the words that you have learnt and recite the poem. 圈出學過的漢字，並背誦這首詩。

huà

畫

wáng wéi
王 維

yuǎn kàn shān yǒu sè
遠看山有色，

jìn tīng shuǐ wú shēng
近聽水無聲。

chūn qù huā hái zài
春去花還在，

rén lái niǎo bù jīng
人來鳥不驚。

Family Members (2)

nǎi

grandmother

mèi

younger sister

dì

younger brother

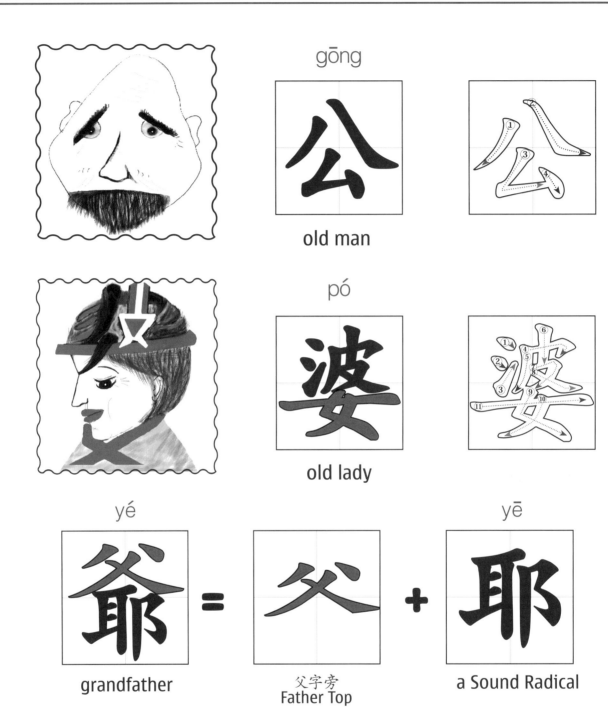

gōng

公

old man

pó

婆

old lady

yé

爺

grandfather

=

父

父字旁
Father Top

+

耶

yē

a Sound Radical

tā shì nǐ de shén me rén
他是你的甚麼人?
How are you related to him?

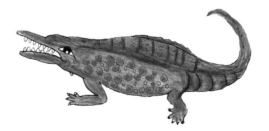

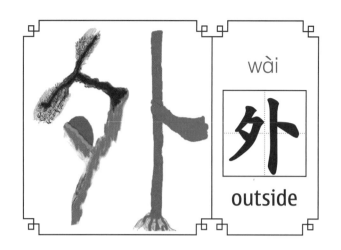

wài

外

outside

wǒ yǒu yé ye hé nǎi nai tā men shì wǒ

我有爺爺和奶奶，他們是我

I have a grandfather and a grandma. They are my

bà ba de fù mǔ wǒ yě yǒu wài gōng hé wài pó

爸爸的父母。我也有外公和外婆，

father's parents. I also have another grandpa and grandma.

tā men shì wǒ mā ma de fù mǔ

他們是我媽媽的父母。

They are my mother's parents.

 Word Formation 組詞

fù mǔ	mǔ qīn	fù qīn	lǎo lao	lǎo ye
父母	母親	父親	姥姥[7]	姥爺[7]
parents (formal)	mother (formal)	father (formal)	grandmother	grandfather

7. "姥姥" and "姥爺" are mother's parents, which are used in the northern part of China. 「姥姥」和「姥爺」是母親的父母，是中國北方用語。

Separation of Words　.......拆字......

nǎi

奶 = 女 + 乃

grandmother　女字旁 Female Radical　be (ancient)

nǎi

mèi

妹 = 女 + 未

younger sister

女字旁 Female Radical

wèi

not yet/future

pó

婆 = 女 + 波

old lady

female

bō

wave

wài

外 = 夕 + 卜

outside

夕字旁 Sunset Radical

bo/bǔ

predict

Introduction to Pinyin .....拼音介紹.....

Compound Finals 複韻母

Compound finals are made up of two or three finals. There are a total of thirteen compound finals in Chinese. 複韻母是由兩個或三個韻母組成，共有十三個複韻母。

ai、	ei、	ao、	ou、	ia
bái	mèi	tāo	dòu	liǎ
白	妹	濤	鬥	倆

ie、	ua、	uo、	üe、	iao
liè	guā	luò	yuè	liào
獵	瓜	落	月	料

iou、	uai、	uei
yōu	wài	wèi
優	外	為

"w" and "u" are pronounced the same. They are put together to form a single syllable "wu". When "u" is used as an initial, it will be changed to "w". 「w」和「u」發音相同。它們在一起組成單音節「wu」。「u」在音節開頭時被寫成「w」，例：

uai ⟶ wai   uei ⟶ wei

When "iou" has an initial, "o" will be omitted. When it is a syllable, it will be written as "you". 「iou」前面加聲母時要寫成「iu」，自成音節時寫成「you」，例 (e.g.):

jiou ⟶ jiu   liou ⟶ liu   iou ⟶ you

Questions　問題

Anwser the following questions. 回答下列問題。

- nǐ jiā yǒu jǐ kǒu rén
  ## 你家有幾口人？
  How many people are there in your family?

- nǐ yé yé shì shuí
  ## 你爺爺是誰？
  Who is your grandpa?

- shuí shì nǐ wài pó
  ## 誰是你外婆？
  Who is your grandma (on mother's side)?

- nǐ wài gōng zài nǎ li
  ## 你外公在哪裏？
  Where is your grandpa (on mother's side)?

- nǐ nǎi nai de shēng ri shì nǎ tiān
  ## 你奶奶的生日是哪天？
  When is your grandma's birthday?

- nǐ yǒu jǐ gè xiōng dì jiě mèi
  ## 你有幾個兄弟姐妹？
  How many brothers and sisters do you have?

她叫我姊姊。

我叫她妹妹。

牠回家了。

我哥哥八歲了。

我沒有弟弟。

他不是我爸爸。

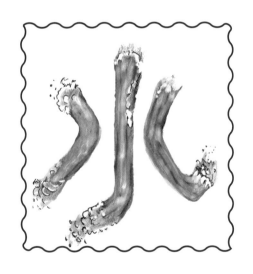

她家沒有門。

這不是茶。

1. Write out the words for the cartoons. 看圖寫字。

dà   jiā

 ① —————————
everyone

xìng   míng

② —————————
full name

wài   pó

 ③ —————————
grandmother

niú   ròu

 ④ —————————
beef

2. Complete the following sentences with the words given below. 用下列的詞語完成句子。

jiā rén 家人 families	xiǎo jiě 小姐 Miss	lǎo ye 老爺 Sir	tài tai 太太 Mrs.	dà ye 大爺[8] elder uncle

dà jiě 大姐 elder sister	xiǎo dì 小弟 younger brother	jiě mèi 姐妹 sisters	míng zi 名字 name	niú nǎi 牛奶 milk

① 他的 ＿＿＿＿＿ 是我的同學。

② 我的 ＿＿＿＿＿ 是李玉林。

③ 你有幾個 ＿＿＿＿＿ ？

④ ＿＿＿＿＿ ，您是王丹的爺爺嗎？

⑤ ＿＿＿＿＿ ，這是哪裏？

8." 大爺 "is a relative and a title of respect for a man older than your father. 「大爺 是親屬，也是對比你爸爸年長的男人的尊稱。

3. Read the following passage and write out the sequence from the oldest child to the youngest one. 閱讀下列短文，並按年齡的大小排列出孩子們的順序。

你們好，我是小兔子。 我有爸爸、媽媽、哥哥、姐姐、弟弟和妹妹。我是爸爸媽媽的二兒子， 我大哥是他們的大兒子，我弟弟是他們的小兒子。我妹妹叫我弟弟三哥。我哥哥叫我姊姊「大姊」。

① _____

② _____

③ _____

④ _____

⑤ _____

tù

兔

rabbit/hare

4. Write a composition about your family in Chinese. 用漢字寫一篇關於你家人的作文。

5. Circle the words that you have learnt and recite the poem. 圈出學過的漢字，
並背誦這首詩。

jìng　yè　sī
靜夜思

lǐ　bái
李白

chuáng qián míng yuè guāng
床前明月光，

yí　shì　dì shang shuāng
疑是地上霜。

jǔ　tóu wàng míng yuè
舉頭望明月，

dī　tóu　sī　gù xiāng
低頭思故鄉。

A Summary of Pinyin　拼音總結 ··················

There are 39 finals in Pinyin. Among them, 35 finals are commonly used.
拼音有39個韻母，其中35個是常用的。

Six Single Finals　單韻母共有六個：

a　o　e　i　u　ü

Thirteen Compound Finals　複韻母有十三個：

ai　ei　ao　ou　ia　ie　ua　uo　üe　iao　iou (iu)

uai　uei (ui)

Sixteen Nasalized Finals　鼻韻母共有十六個：

an　ian　uan　üan　en　in　uen(un)　ün　ang

iang　uang　eng　ing　ueng　ong　iong

There are 21 initials in Pinyin. 拼音有二十一個聲母。

b　p　m　f　d　t　n　l　g　k　h

j　q　x　zh　ch　sh　r　z　c　s

bú yòng dōu jì ba
不用都記吧?
Do I have to remember them?

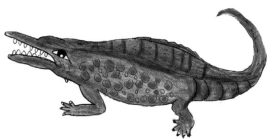

Vocabulary
詞彙

1. 我	I/me
2. 你	you
3. 他	he/him
4. 她	she/her
5. 蛇	snake
6. 它	it (things)
7. 牠	it (animal)
8. 是	be/is/are/am
9. 也	too/also
10. 鵝	goose
11. 娥	beautiful/a girl's name
12. 池	pool
13. 馳	gallop
14. 不	no/not
15. 們	plural
16. 的	of/a suffix
17. 女	female/woman
18. 力	labour/strength/power
19. 孩	children/child
20. 老	old/senior
21. 門	door/gate
22. 勺	spoon
23. 亥	from 9 p.m. to 11 p.m.
24. 子	son/a suffix
25. 系	a system
26. 孫	grandson
27. 田	farmland/field
28. 男	male/man
29. 我們	we/us
30. 你們	you
31. 他們	they/them (male/mixed gender)
32. 她們	they/them (female)
33. 牠們	they/them (animals/things)
34. 我的	my/mine
35. 你的	your/yours
36. 他的	his
37. 她的	her/hers
38. 牠的	its
39. 我們的	our/ours
40. 你們的	your/yours
41. 他們的	their/theirs (male/mixed)
42. 她們的	their/theirs (female)
43. 牠們的	their/theirs (animal & things)
44. 天	the sky/day
45. 太	very/too

46. 犬	dog (formal)
47. 狗	dog
48. 飛	fly
49. 那	that
50. 哪	where
51. 在	exist/in/on/at
52. 這	this
53. 誰	who/whom
54. 裏	inner/inside
55. 文	culture/a language
56. 言	say/a language
57. 句	sentence
58. 囚	prisoner
59. 因	because
60. 困	stuck/difficulty
61. 問	ask
62. 師	teacher/advisor
63. 夕	sunset
64. 叫	call/bark
65. 年	year
66. 李	a family name
67. 今	today/now
68. 歲	years old/age
69. 止	stop
70. 生	produce/bear
71. 快	quick
72. 多	many/much
73. 卜	predict
74. 外	outside
75. 姓	surname
76. 令	order
77. 爪	claw/paw
78. 閂	bolt
79. 姊	elder sister
80. 哥	elder brother
81. 家	home/family
82. 有	have/there be
83. 媽	mother
84. 爸	father
85. 和	and/with
86. 馬	horse
87. 巴	jaw
88. 口	mouth
89. 禾	standing grain
90. 名	name
91. 字	word

92. 口子	opening
93. 兒子	son
94. 日子	daily life
95. 蟲子	insect/bug
96. 丸子	meat ball
97. 王子	prince
98. 女子	female
99. 太子	the first prince
100. 天子	the son of God
101. 男子	man
102. 沒	have/no/sink
103. 奶	grandmother (on father's side)
104. 妹	younger sister
105. 弟	younger brother
106. 公	old man
107. 婆	old lady
108. 爺	grandfather (on father's side)
109. 父母	parents (formal)
110. 母親	mother (formal)
111. 父親	father (formal)
112. 姥姥	grandmother (on mother's side)
113. 姥爺	grandfather (on mother's side)
114. 乃	be (ancient)
115. 未	not yet/future
116. 波	wave
117. 家人	families
118. 小姐	Miss
119. 老爺	Sir
120. 太太	Mrs.
121. 大爺	elder uncle
122. 大姐	elder sister
123. 小弟	younger brother
124. 姐妹	sisters
125. 名字	name
126. 牛奶	milk
127. 兔	rabbit/hare